LES BOUCHERS

DRAME EN UN ACTE, EN VERS

Représenté au Théâtre-Libre, le 19 octobre 1888.

A LA MÊME LIBRAIRIE

FERNAND ICRES

LES BOUCHERS

DRAME EN UN ACTE, EN VERS

Préface par Léon CLADEL

PARIS
TRESSE & STOCK, ÉDITEURS
8, 9, 10 11, galerie du Théâtre-Français
PALAIS-ROYAL
1383

PERSONNAGES

TITOU....................................	M.	Mévisto.
JEP..		Damon.
BRUNIS....................................		Morière.
MARIA......................................	Mlle	Dorsy.
UN BORDIER	M.	Lunie-Poe.
1er HOMME DU MAS.....................		Depas.
2e »		Rey.
3e »		Pinsard.

La scène se passe dans un bourg pyrénéen du pays de Foix.

Sèvres, 28 avril 1880.

Filleul, il t'a plu de me choisir pour ton parrain ès-lettres. Soit !... A cela, je ne trouve certainement rien à redire et je t'en remercie de tout cœur. Oui, mais tu me demandes aussi quelques avis. Eh bien ! écoute un peu. D'abord reprends vite et *plus vite que ça*, ton âpre nom de montagnard des Pyrénées. ICRES, crois-moi, vaut cent fois mieux que Crésy son anagramme trop lisse et trop douceâtre pour toi, si rugueux et plus amer que la sorbe ou la nèfle qui croissent sur les arbres tors de tes pics du midi. Quant à tes FAUVES, il est certain que tes premiers-nés sont les frères

Dans les papiers de Fernand Icres, nous trouvons cette lettre de LÉON CLADEL *que le maître lui écrivit à propos des* Fauves, *les poésies de la vingtième année qui promettait — ce qu'elle a tenu — un poète nouveau.*

L'ÉDITEUR.

aînés de certains cadets plus farouches encore qui fermentent en tes génitoires et dont ils sortiront demain ou plus tard. Déchire, ronge, hurle et rugis, engendre et sème à ton gré, féroce anthropomorphe, et surtout ne prête jamais l'oreille aux eunuques qui manquant de toutes qualités essentielles pour produire, mais non pas d'aplomb, auront l'audace de t'indiquer le meilleur moyen de procréer. Ah! ces hongres... ils voudraient bien en remontrer aux étalons... Souviens-toi, souviens-toi toujours de cet effronté Voltaire qui n'a jamais craché dans sa vie un seul bon vers et qui se permettait non seulement de corriger le grand Corneille et même aussi le petit Shakespeare qu'il traita sous jambe en pirouettant sur ses faux talons rouges. Un sauvage, certes, ce Saxon qui dépasse de cent coudées tous les civilisés de son temps, et notamment celui-là qui ne se gêna point le moins du monde, pour extraire *Zaïre*, ce pygmée, d'Othello, ce colosse. Et quant à ceux de notre époque, n'en parlons point! Ils n'ont jamais eux, projeté une page de poésie ou de prose, et pourtant, regarde-les : oh! sans vergogne aucune, ils toisent Homère, Eschyle ou Dante, et, Dieu me damne! ils tutoient à l'occasion Hugo, Musset et de Vigny et tapent parfois sur le ventre fertile de Balzac, de Gautier et de Baudelaire... Avez-vous fini, pions châtrés du sérail! des coulisses!... Ami, le Sage que tu seras un jour, mon cher tilleul, se félicitera bientôt d'avoir été quelque peu fou. Va! provigneur, va sans te préoccuper des mulets qui te guettent en se proposant d'analyser à la loupe toutes les gouttes de sperme que tu lanceras dans la féconde matrice de tes... muses.

A bientôt, enfant, et tout à toi!

LÉON CLADEL.

LES BOUCHERS

Le jour tire à sa fin. Petit à petit, le crépuscule envahit la boutique.

Au fond, à gauche, derrière le comptoir où se dressent les balances, on voit le garde-manger aux croisées de bois, aux carreaux en treillis de fil de fer. Attenant au comptoir, un billot de chêne pèse massivement sur ses trois jambes.

Longeant le garde-manger et le mur de droite, un long et étroit corridor s'engouffre dans la nuit.

A gauche, une grande grille rouillée s'ouvre sur la rue.

A droite, une porte entrebâillée laisse apercevoir les premières marches d'un escalier.

Sur le devant de la scène, vers la droite, une banque au dessus concave se serre contre la muraille.

Des files de crocs retenant çà et là quelques restes de viandes déchiquetées sont plantées dans les murs crasseux ou fixées à des tringles tout le long des poutres.

De côté et d'autre, pendus au mur ou traînant sur l'étal, des outils de boucher, coutelas, scies, hâcherons, ferreaux, luisent d'un éclat métallique dans l'ombre.

Au lever du rideau, Brûnis cause auprès de la porte, avec trois habitants du Mas.

SCÈNE PREMIÈRE

BRUNIS, Trois Hommes du Mas.

BRUNIS.

Ah ! ah ! l'Aouqué veut donc me faire concurrence
En vendant à meilleur marché de la chair rance...

L'UN DES TROIS HOMMES.

Oui, le bœuf, trente sous...

BRUNIS.

Eh bien ! dès aujourd'hui,
Je veux donner la mienne au même prix que lui.
Nous verrons qui des deux lâchera le plus vite...

L'HOMME.

Certe, il veut vous tomber : tous les jours il invite
Des gens chez Bistoulet à boire le café
Et la bière.

BRUNIS.

Il n'a pas encore triomphé.
Et c'est lui qui bientôt cherra, de guerre lasse.

UN AUTRE.

Il vous fallait l'ouïr, l'autre jour, sur la place...

BRUNIS.

Qu'est-ce qu'il pouvait dire?

LE DEUXIÈME.

Eh ! que vous débitiez
Du cheval, de la vache et bien d'autres pitiés.

BRUNIS, s'animant.

C'est donc ça qu'il disait. Qu'on compare ma mine
A celle de ce gueux rongé par la vermine
Et pelé comme un loup en hiver, s'il vous plaît ;
On verra ce que vaut ma viande et ce qu'elle est.
Que l'on nous considère, et puis après qu'on dise
Qui s'engraisse le mieux avec sa marchandise.
Ma boutique est debout depuis quatre-vingts ans.
Tout le canton le sait et toujours les passants
Ont vu sur le foirail s'étaler notre enseigne :
Un mouton à toison d'argent que l'aïeul saigne.
Ah ! c'est ainsi qu'il parle en plein public : il croit
Qu'à ce qu'il dit ou fait je m'en vais rester froid ;

Eh bien ! il sera pris dans son piège : je livre
Tout, veau, mouton et bœuf, trois sous de moins par livre ;
Et, s'il tient, il pourra se vanter cette fois
D'être aussi bien planté que le Rocher de Foix...
Que Jep rentre, où Titou, pour garder la boutique,
Ensuite, pratiquant comme l'Aouqué pratique,
Je m'en vais vous payer l'absinthe, maintenant.

LE TROISIÈME.

Oh ! Titou ! quel gaillard rude ! c'est étonnant.
Aujourd'hui, Feych avait embourbé sa charrette :
Les bœufs n'en pouvaient mais, Titou vient, il s'apprête,
Ote sa blouse et puis, ployé comme un compas
Sous le char, il l'enlève et le tire du pas.

LE DEUXIÈME.

Ça doit être un sorcier.

LE PREMIER.

Oui... quand il vous regarde
On a froid... Que le ciel, ou que l'enfer me garde
De jamais l'offenser, n'importe quellement...

LE DEUXIÈME.

Il a le mauvais œil.

LE TROISIÈME.

Bah ! le visage ment...
Mais Cadette, sa sœur était bien plus jolie.
Et le Brûnis en sait quelque chose...

BRUNIS, clignant des yeux.

Oh ! j'oublie...
C'est que bientôt quinze ans sont passés là-dessus.

LE TROISIÈME.

Et Titou, vos amours ne les a-t-il pas sus ?

LE PREMIER.

Je ne m'y fierais pas, moi, je le crois capable
De tout; et s'il apprend que vous êtes coupable,
Gare !...

BRUNIS.

Nous n'avons plus causé d'elle, sinon
Qu'un jour, devant Titou, j'ai prononcé son nom.
Il devint cramoisi, bleu, jaune, vert, orange...
Il marmotta des mots d'une manière étrange...
(Quand je la fréquentais il n'était que marmot.)
Je voulus lui donner le change sur ce mot
Échappé, mais son œil, ardent comme une forge,
Arrêta tout à coup le parler dans ma gorge.
De ce jour, rien, jamais.

LE TROISIÈME.

Bonnasse, dirait-on...

BRUNIS.

Il est, ma foi ! tranquille et doux comme un mouton.

LE TROISIÈME.

Mais, pardi ! qu'il est beau de le voir à l'ouvrage !
Quel entrain quand il fait son métier ! quelle rage !

BRUNIS.

Oh ! oui. Pour ça, du jour où je l'eus, je dirai
Que j'en suis on ne peut plus content, vrai de vrai !
Depuis lui, tout va bien et la monnaie abonde.
Voilà six ans : l'ancienne était là, moribonde,
Le vieux Brûnis vivait encor, mais impotent...
J'étais seul, le travail m'encombrait tant et tant...
Titou vint et malgré qu'il me semblât novice
A quinze ans, je le pris de suite à mon service.

Il sourit d'un air fin.

Je lui devais bien ça, pour sa sœur... Le marché
Ne tourna pas trop mal ; je n'en suis pas fâché.

Il regarde dehors.

Ah ! voici Jep, lambin comme une vache enceinte.

A Jep.

Tiens, garde la maison.

A ses amis :

Allons prendre l'absinthe.

SCÈNE II

BRUNIS, JEP.

BRUNIS, *à ses camarades qui sont dehors.*

Prenez-donc les devants de quelques pas : je suis
Obligé de lui dire un mot et je vous suis.
D'ailleurs je vais passer par derrière.

A Jep.

Eh ! marmaille,
J'ai grand'faim et je veux quelque chose qui m'aille.
Il nous reste d'hier un quartier de filet ;
Regarde donc : le gras est blanc comme du lait
Et le maigre est aussi rouge qu'une pivoine.
Et flaire ce parfum... J'ai de plus, dans l'avoine,
Un fromage d'Alos aujourd'hui mûr à point ;
Va le quérir et qu'on ne le ménage point.
Tu me le porteras sur l'heure à la cuisine.
Et moi je m'en vais boire à l'échoppe voisine.

JEP.

Bourgeois.

Il obéit ; il prend le morceau de viande et disparaît un instant dans le corridor.

BRUNIS, *seul.*

J'entends qu'ici tout le monde soit gras
Gras comme moi... L'Aouqué, confrère, tu verras

Qu'on ne passe pas faim chez nous et qu'on y mange ;
Va, nous te gratterons où le poil te démange.

A Jep de retour.

Dis à la Maria que je rentre à l'instant...
Sur le gril... beaucoup d'ail...

JEP.

Oui, Maître...

BRUNIS.

L'on m'attend.

Il sort par le corridor.

SCÈNE III

JEP, *seul.*

Cependant je l'avais ces jours-ci, cette lettre.
Je l'ai relue encor dimanche... Où peut-elle être ?
Maria m'y donnait rendez-vous au lavoir...
Diable ! si le patron venait à le savoir...

Maria paraît à l'embrasure de la porte de l'escalier.

SCÈNE IV

JEP, MARIA.

MARIA.

Partis ! nous voilà seuls le temps d'une embrassade.
Un jour sans un baiser et j'en deviens maussade.

Ils s'embrassent.

Comme je t'aime ! et toi ?

JEP.

Peux-tu le demander ?

MARIA, *aimante.*

Tiens ! quand tes grands yeux noirs sont à me regarder,
On dirait la lueur lointaine d'une étoile :
Ton cou si délicat est plus blanc que la toile
De ta chemise et fleure aussi bon que le miel !
Quand je te vois, je crois voir un ange du ciel.

Elle l'entraîne vers la banque.

Assieds-toi là.

Elle lui caresse les bras.

~~Cela me fait du bien. Ce~~la me fait du bien à l'âme.
Ta chair a la douceur de la chair d'une femme
C'est moi qui suis l'amant, toi la maîtresse : tiens,

Montrant ses bras.

Mes bras, ils ne sont pas si mœlleux que les tiens.

Souriante.

J'aime mieux qu'il en soit ainsi, Mademoiselle.

Elle chante.

« Quand ce soir, sur le lac, voguera ma nacelle... »

Reprenant.

Mais, je semble ignorer, hélas ! que le temps court
Bien vite et qu'un instant de bonheur est bien court.
A tout moment, j'ai peur que Brûnis ne revienne.
Vierge Sainte !

JEP, *avec un geste d'impatience.*

Oh ! pourquoi n'es-tu pas toute mienne,
Brûnis ! si tu savais combien j'en suis jaloux.
Ce n'est rien, près de moi, les tigres et les loups.

MARIA.

Je ne puis pas aimer cette masse farcie,
Tu sais bien.

JEP, *furieux.*

Crevât-il ainsi qu'une vessie
Trop gonflée ! on pourrait alors certainement
Me voir danser de joie à son enterrement.
Elle m'ennuie enfin sa face apoplectique
Illuminant les murs sombres de la boutique.

MARIA.

J'ai de réserve un drap de lit pour son linceul,
Quand arrivera l'heure...

Avec un long regard.

Et tu seras le seul...

Inquiète.

On dirait que quelqu'un est là qui se remue.

JEP.

Ce doit être le chien.

MARIA.

Oh ! j'en suis toute émue.
Être toujours dans les transes et le souci,
Quel sort ! Mais ce n'est pas vivre, que vivre ainsi !
Oui, notre amour est si malheureux et si tendre
Que nous devrions bien ne plus longtemps attendre
Un peu de calme... Mais où donc est le Titou ?

JEP.

Lui, quand il sort, il va toujours on ne sait où,
Suivant dans son cerveau ténébreux l'araignée
Qui trotte et qui lui fait sa mine renfrognée.

MARIA.

Est-il laid, ce Titou !... Malgré cela, jadis
Il me faisait la cour...

JEP, riant.

Bah !

MARIA.

Comme je te dis.

JEP.

Comment s'y prenait-il ?

MARIA.

Oh ! c'est inexprimable.

JEP.

Essaya-t-il parfois de te paraître aimable ?

MARIA.

Certes, il ne m'a jamais parlé d'amour. Pourtant
Mon Jep, je ne pouvais m'y méprendre un instant.
Et j'en suis tout à fait certaine... Et je me fonde
Sur sa voix se faisant soudain douce et profonde,
Sur ses regards noyés et pleins d'égarements,
Sur ce qu'il me disait d'étrange, par moments.
Et je ne riais pas ; était-ce peur ? était-ce
Qu'il me communiquait un peu de sa tristesse ?
Je ne sais. Il avait parfois, quand il parlait
Des mots si pénétrants que, malgré qu'il fût laid,
Jamais je ne pouvais le trouver ridicule.
Puis il faisait valoir sa puissance d'hercule,
Espérant m'émouvoir par ce moyen nouveau :
Tantôt, sur son bras roide, il soulevait un veau,
Tantôt, seul, il tuait un bœuf... Mais que m'importe ?
Il suffisait que tu parusses à la porte
Pour que Titou, le pauvre ! oublié désormais
S'effaçât à mes yeux devant toi que j'aimais.

JEP.

Le hasard est parfois bizarre, que t'en semble ?
C'est pourtant par Titou que nous sommes ensemble :
Il vint un soir, voilà six mois, à la maison
Savoir si je voulais être second garçon
Chez Brûnis.

MARIA.

Et depuis environ cette date,
Il a toujours été pour moi, je le constate,
Très froid, ne me parlant, ne me souriant pas,
Et m'évitant toujours du regard et des pas.

JEP.

Il a dû reconnaître à la fin sa folie
Rien que sur les conseils d'un miroir.

MARIA.

Je m'oublie
Non, Jépot, c'est assez....

Il l'embrasse ; elle regarde vers la grille

Oh ! si quelqu'un passait !

JEP.

Quand nous reverrons-nous tranquilles ?

MARIA.

Qui le sait !

JEP, se souvenant.

Il faut un de ces soirs que ton mari s'absente
Avec Titou ; c'est pour une affaire pressante :
Deux bœufs qu'on doit aller prendre au Pelut, la nuit ;
Brûnis veut y gagner sept francs par bête, ou huit ;
En tout c'est quinze francs qu'y perd l'octroi qu'on leurre.

MARIA.

Nous aurons là pour nous une bonne et belle heure.
En es-tu sûr ?

JEP.

Très sûr : Brûnis et le marchand
Ont devant moi conclu l'affaire sur le champ.

Tu sais que nous tuerons quatre bœufs pour la foire,
On en rentrera deux en ville à la nuit noire
Pour en escamoter la taxe et l'on paiera
Sur les deux autres seuls que l'on déclarera.

MARIA.

Brùnis aurait vraiment eu cette bonne idée ?
Mais rien ne m'a jamais si bien accomodée !...
La foire est dans trois jours.

JEP.

Nous sommes déjà prêts....

Amoureusement.

Nous les saurons si loin et nous serons si près !

MARIA.

Oui j'irai ce soir-là me coucher par avance.
Nul ne se doutera de notre connivence
Tu viendras dans ma chambre après leur départ, dis...

JEP.

Sans doute.

MARIA.

Prends la clef.

JEP, transporté.

La clef du paradis!
Adieu, mie, un baiser...

MARIA.

Fais vite, que je sorte.

Ils s'embrassent longuement. Maria sort dans la rue. Titou rentre par le corridor.

SCÈNE V

JEP, TITOU.

JEP, apercevant Titou, surpris.

Titou! D'où diable donc tombe-t-il de la sorte?
A part.
Pourvu qu'il n'ait rien vu!
A Titou.
D'où viens-tu, de ce pas?

TITOU.

Quel air troublé!...

JEP.

Comment?

TITOU, indulgent.

Va! ne te cache pas
Plus longtemps: J'ai tout vu...

JEP, faisant l'étonné.

Quoi donc?

TITOU.

Quelle folie?
De vouloir me nier la chose!... Elle est jolie,
La bourgeoise, pas vrai? C'est un morceau de roi.
Et tu fais bien: l'amour ça te va bien à toi.

JEP.

Je te dis, mon ami Titou, que tu te trompes.

TITOU.

Va donc; je n'irai pas crier à son de trompes
Ce que je sais; je suis bon garçon, brave ami;
Je ne resterai pas camarade à demi,
Le compagnon Titou n'est pas une crapule.
Tu peux continuer sans crainte et sans scrupule...
Amuse-toi... Pour moi, l'amour ça ne me vaut rien
Et les femmes je les regarde comme un chien.
D'ailleurs j'ai mon amour, d'une essence nouvelle,
Qui me monte et me va du cœur à la cervelle.
C'est une passion qui gronde là-dedans ;
Elle crispe ma lèvre et fait grincer mes dents.
Mon amour c'est la haine implacable et féroce
Qui me poigne à la gorge et m'éreinte et me rosse.

JEP, avec un empressement affecté.

Un ennemi, Titou? Prends-moi : Je te promets
Aide et concours si tu le désires jamais.

TITOU.

J'aurai besoin de toi peut-être... Alors écoute,
Car je dois t'en conter un peu, coûte que coûte.
Quoiqu'il ait là-dessus passé près de quinze ans,
Ces souvenirs anciens me sont toujours présents,
Gravés au fond de moi sans que rien les efface...
J'étais gamin et nous habitions Foix, en face
Le Rocher, et ma mère, infirme, qui toussait
Et qui boîtait avait cinquante ans, et moi sept.
Mais Cadette, ma sœur, modiste et couturière,
Faisait que rien chez nous ne restait en arrière,
Et, très brave de cœur et très leste des doigts,
Car je lui rends justice ainsi que je le dois,
Elle savait toujours tenir la maisonnée
Propre et fournie en tout au bout de la journée.
Aussi, tant qu'il en fut ainsi nul ne patit
Au logis, nul de nous, la vieille ou le petit.

Un jour ma sœur connut un voisin, un jeune homme.
Peut-être sauras-tu bientôt comme il se nomme.
Ma mère en confiance alors le recevait...
Quand elle s'alitait, il était au chevet...
Et tous pensaient que dans un jour, ou dans un autre,
En épousant ma sœur il deviendrait tout nôtre...
Il séduisit ma sœur et puis la délaissa...
Il repartit...

JEP, riant.

Pardi ! beaucoup font comme ça.

TITOU, grondant.

Eh bien ! moi, je ferai comme ne fait personne.
La vengeance à pas lents arrive et l'heure sonne...
Cadette, ce voyant, mourut, honte ou regrets...
Ma mère la suivit une quinzaine après...
On me mit aux Enfants-Trouvés, sur la demande
D'un vieux recteur, ainsi qu'un bâtard de commande
Et ce n'est qu'à quinze ans que tout me fut connu.

JEP.

Et cet homme, tu sais ce qu'il est devenu ?

TITOU.

Naïf ! Tu penses bien que si je te raconte
Cela, c'est que j'ai fait exactement mon compte,
C'est que je suis bien sûr de moi, comme de lui.

JEP.

Alors, tu peux user de moi dès aujourd'hui,
N'est-ce pas, camarau ! Nous savons qui nous sommes.

TITOU.

Oui, Jep, et que nos cœurs sont deux cœurs de vrais hommes.

Ils se serrent la main.

JEP, faisant allusion à ce que son compagnon lui a dit au début de la scène.

Si ton cœur n'en a pas, ton œil a des défauts...

TITOU, paraissant convaincu.

J'en aurais bien juré pourtant...

JEP.

Rien n'est plus faux.

SCÈNE VI

LES MÊMES, BRUNIS, puis MARIA.

BRUNIS, rentrant.

Eh bien! les bons enfants, voilà, je meurs d'envie
De manger; je vais voir si la soupe est servie.

MARIA, débouchant du corridor.

Tu peux passer.

JEP, à Brûnis.

Voilà le bordier.

Le bordier entre.

SCÈNE VII

LES MÊMES, UN BORDIER.

BRUNIS, au bordier.

Ah! salut!

LE BORDIER, confidentiel.

Les bœufs seront vers les onze heures au Pelut.
Ce soir.

BRUNIS.

Bien ! Nous irons les prendre à la campagne,
Cette nuit ; il faudra que Titou m'accompagne,
Jep gardera.

A Jep.

Tu sais, que tu te tiennes prêt
A la porte, sinon l'octroi nous pincerait.

Au bordier.

C'est bon, on y sera, bordier, et juste à l'heure

A sa femme.

Qu'as-tu donc ? te voilà tout pâle ?

MARIA, *l'air malade.*

Un mal effleure
Ma tête.

BRUNIS, *brusquement.*

Eh bien alors, dîne et va te coucher...

Au bordier.

Salut, bordier, comptez sur nous.

LE BORDIER.

Salut, boucher.

BRUNIS.

A la soupe !

Il passe avec sa femme dans la cuisine.

SCÈNE VIII

TITOU, JEP.

TITOU, *fredonnant.*

« Des ailes que n'ai-je
Afin de franchir
Ces grands pics de neige
Que je vois blanchir !... »

JEP.

Qu'as-tu donc ? serais-tu d'humeur tendre ?
Jamais je n'avais eu le plaisir de t'entendre...
Continue...

TITOU.

Ami Jep, n'en sois pas étonné.
Gravement.
Suppose un malheureux, un esclave, un damné,
Quelqu'un sur qui depuis bien longtemps un sort pèse,
Et qu'ensuite, soudain, sa torture s'apaise...
Une pause.
J'en sais un qui ne peut pas même vivre, ayant
Au cœur comme un serpent implacable, effrayant,
Qui le meurtrit sans cesse et l'étreint sans relâche ;
Il ne peut pas mourir non plus, il serait lâche.
Alors le malheureux se tord et se débat
Dans un interminable et douloureux combat...
Or, un jour après mille et mille efforts, cet homme
En arrive à saisir à pleins poings son fantôme.
Nouvelle pause.
Oui, Jêpot, aujourd'hui j'ai saisi le serpent.

JEP, *riant.*

Et tu vas l'étouffer sans merci...

TITOU.

Ça dépend.

JEP.

Tu vas faire un mauvais quart d'heure à ta vipère.

TITOU.

Quelque rude que soit la bête, je l'espère...
Il reprend sa chanson.

« J'ai laissé Mirette
Seule par delà
Par delà leur crête
Que nul ne foula. »

SCÈNE IX

Les Mêmes, MARIA.

MARIA, passant.

Té ! Titou, qu'est-ce donc qui vous prend aujourd'hui...

TITOU.

Patronne, ma gaieté s'échappe de l'étui...
Mais, pardon ; j'oubliais que vous êtes malade
Allez dormir : je vais rengaîner ma ballade.

Maria s'éloigne en jetant à Jep, à la dérobée, un regard qui n'échappe point à Titou ; elle monte dans l'escalier.

SCÈNE X

TITOU, JEP.

Un long silence. Titou s'assied sur la banque et s'absorbe dans une profonde rêverie.

JEP.

Qu'as-tu donc, camarau, qu'as-tu donc ?

TITOU.

Ce que j'ai...

JEP.

Oui, l'ami ; je te trouve aujourd'hui tout changé :
Ton allure est bizarre et ton air est cocasse.
Est-ce encore ton vieux serpent qui te tracasse ?

TITOU.

Peut-être bien.

JEP.

Tu veux donc en venir à bout.

TITOU.

Je le tiens.

JEP.

Bien ! Je vais t'aider. Allons, debout !

TITOU.

Tout doucement... La chance en sera bien meilleure
En réservant ce même entrain pour tout à l'heure...

JEP.

Comptes-y.

TITOU.

J'y compte, oui; tu m'as déjà promis
Ton aide...

JEP.

Comme on doit toujours faire entre amis.

TITOU.

Tu sauras en échange enfin tout le mystère
L'heure vient où je n'ai plus besoin de me taire.
Attends que le bourgeois sorte après son souper,
Et, seuls, je laisserai de mon cœur s'échapper,
Devant ton dévouement, ce qui me reste encore
A dire du secret brûlant qui le dévore.
Laissons Brûnis partir pour son café... puis... puis...
Enfin tu m'aideras, n'est-ce pas?

JEP.

Si je puis.

SCÈNE XI

LES MÊMES, BRUNIS.

BRUNIS.

Enfants, si vous avez la bouche un peu gourmande,
Vous goûterez au bœuf que je vous recommande.
Il en reste pour vous un assez beau morceau,
Car ma femme n'a pas mangé comme un oiseau.
Elle est toujours malade; on n'y peut rien comprendre.
Elle est partie au lit et moi je m'en vais prendre
Le café... Pour vous deux, soupez en m'attendant.
Après, il ne faut pas s'éloigner cependant.
Car nous irons quérir les bœufs qu'on nous amène :
Nous n'avons plus de viande assez pour la semaine.

TITOU.

C'est dit, patron...

Brûnis s'en va.

SCÈNE XII

TITOU, JEP.

TITOU.

Enfin, écoute-moi.

JEP.

Pardon!
Si nous allions souper avant!...

TITOU.

Écoute donc.

JEP.

Mais j'ai plus faim de chair que de discours...

TITOU.

Tu railles !...

Ah ! la faim qui me tord la gorge et les entrailles
Est bien autre et je l'ai gardée ainsi huit ans.

JEP.

Je ne garderai pas la mienne si longtemps.

TITOU.

Tais-toi ! Car si quelqu'un en ce moment peut rire
Ce n'est pas toi, devant ce que je dois te dire ;
Je vais te tenir là, figé par la stupeur.

JEP.

Je te connais, sans quoi, Tît, j'aurais déjà peur.

TITOU, poursuivant.

L'homme qui fit mourir ma sœur et puis ma mère,
Et dont le nom m'emplit les dents de bave amère,
Le maudit dont je veux me venger à tout prix,
Celui par qui je vis de haine, as-tu compris?

JEP.

Oui, oui, quel est-il donc ?

TITOU.

C'est Brûnis.

JEP, éclatant.

Pas possible !..

Quelqu'une a donc été jamais assez sensible
Pour s'éprendre de sa bedaine de poussah
Et regarder sans rire un muffe comme ça.

Qui se remue ainsi qu'un ballon automate
Et dont le nez rayonne en reflets de tomate?
Il a donc dans sa panse une histoire de cœur.
Il fut un Lovelace, un Don Juan, un vainqueur
Ce potiron énorme aux grands yeux gris de phoque
Qui roule et ne peut faire un pas sans qu'il suffoque.

TITOU, il a écouté impassiblement la raillerie, et, Jep ne parlant plus, il écoute encore, attendant.

Tu peux continuer, ami Jep.

JEP, riant toujours.

J'ai fini.

TITOU.

Plaisante encor pendant cinq minutes.

JEP.

Nenni.

TITOU.

Je reprends la parole, alors et je t'engage
A mater désormais ton rire et ton langage...
J'ai commencé, je dois aller jusqu'à la fin.
Tu souperas, si tu te sens ensuite faim.

JEP.

C'est bien... Je vais m'asseoir et tâcher d'être sage.

TITOU.

Brûnis de son métier faisait l'apprentissage
A Foix... Il y connut ma mère et puis ma sœur,
Et les tua.

JEP.

Vraiment! C'est manquer de douceur.

TITOU.

A quinze ans, quand je fus sorti de mon hospice,
Je vécus comme né sous un astre impropice.
On ne me fuyait pas, pourtant; mais je compris
Que la pitié des gens avait trop de mépris.
C'était affreux... Un jour, enfin, on me révèle,
D'un passé déjà vieux la terrible nouvelle...
J'appris où le damné Brûnis s'était enfui
Et pourquoi l'on cloua deux bières après lui...
Le soir même, ayant mis dans mon sac une croûte
De pain dur, avec mes hardes, j'étais en route.
Malgré le noir, la neige et le vent qui rageait,
En une seule nuit j'ai fait ce long trajet
De Foix ici. Pendant cette marche insensée
Je n'avais là-dedans qu'une seule pensée :
Aller à lui, d'abord.... Ensuite, j'aurais vu...
Qui sait ? Un coup du sort, un hasard imprévu
Pouvait mettre en mes mains une arme de vengeance
Qui comblât à la fois toute mon exigence...
Le lendemain, avant le soleil, je frappais
A cet auvent, le front calme et le cœur en paix.
Brûnis m'ouvre et très froid un instant m'examine.
Sous son regard, je prends ma plus honteuse mine,
Baissant le front, parlant avec humilité...
Oh ! Je l'aurais tué s'il m'avait rebuté.
Brûnis me reconnaît enfin et sa figure
En prend soudain un air de très mauvaise augure...
Il craint de se trouver près de moi, je le vois;
Mais je pleurais si bien des yeux et de la voix...
Quand je lui demandai d'entrer dans sa boutique,
Je lui parus, malgré ma tournure athlétique,
Si chétif, si piteux de corps comme d'esprit,
Qu'à la fin, soit pitié, soit remords, il me prit...
Dès lors je devais vivre à ses côtés, ô joie !
J'allais pouvoir rôder tout autour de ma proie...
Tous deux, Brûnis et moi dans la même maison !
Je le tenais : ma haine était une prison.

Dès ce jour, commença pour moi la rude tâche
A laquelle de tout mon être je m'attache.
Le labeur incessant jamais interrompu...
Le tuer ! J'aurais bien voulu ; je l'aurais pu.
Je fais rire, parfois, ainsi qu'un saltimbanque :
Ah ! quand je tiens un veau, pieds liés sur la banque,
Que je suis-là, bras nus, cou tendu, reins roidis,
Avant de commencer l'attaque je me dis :
Si c'était lui !... Soudain un nuage écarlate
Descend ; mon cœur bouillonne et ma poitrine éclate ;
L'hallucination m'envahit le cerveau,
Et c'est lui que j'étreins à la place du veau !
Et je bois longuement la jouissance intime
De sentir sous mon poing panteler ma victime
Et de palper longtemps, avec mes doigts, l'endroit
Par où jusqu'à son cœur ma coutelle ira droit.
J'écoute ses poumons haleter par saccades,
Et quand du col béant le sang coule en cascades,
Inondant d'un jet noir ma chemise et ma peau,
Dieu vivant ! Tout mon corps frémit comme un drapeau
Et c'est pour moi, vraiment, une indicible joie,
Quand sur le banc qui grince et dans l'air qui rougeoie
J'entends râler sa gorge et vois saigner sa chair...
Voilà de quoi des gens ont pu rire, mon cher...
Oui, las d'attendre avec ma rage inassouvie,
J'ai mille fois senti l'irrésistible envie
De lui broyer les os, de lui tanner le cuir...
Pauvre mouton ! Comment aurait-il pu me fuir ?
Mais non... Pour que je puisse y boire à perdre haleine,
Il faut que ma vengeance ait sa mesure pleine.

JEP, stupéfait.

Qu'est-ce que tu feras, donc ?

TITOU.

Avant de mourir,
J'ai pesé, mesuré, tout ce qu'ont pu souffrir
Les deux âmes à qui je dois une hécatombe
Egale à leurs douleurs et digne de leur tombe.

A l'envoyer d'un coup de couteau dans l'enfer,
Il ne souffrirait pas comme elles ont souffert.
C'est une dette, il faut qu'il se mette en demeure,
Compte fatal qu'il doit rendre avant qu'il ne meure.
C'est ainsi que j'entends que Brùnis soit puni,
Qu'importe, après cela, puisque j'aurai fini,
Qu'un ours m'écharpe vif, que ce couteau me rentre
Dans les côtes, qu'un bœuf de ses cornes m'éventre,
Ou qu'un de ces matins, le triangle luisant
Sur la place de Foix s'empourpre de mon sang?
La vie alors pour moi n'aura rien qui m'affame.

JEP.

Mais après quoi?... dis-moi...

TITOU.

Je veux avoir sa femme.

JEP, railleur.

Ah! ah! ah! ah! c'est un beau dessein, en effet...
Tâche donc de t'en faire aimer

TITOU.

Oui... Je l'ai fait;
Mais inutilement...

JEP.

Voyons en conscience,
Tu n'as pas eu, sans doute, assez de patience!

TITOU.

Si je la possédais sa femme, ami Jep, dis...
Voilà le but auquel dès l'abord je tendis.
Brùnis, ainsi que les vieux maris, idolâtre
Sa femme, et celle-ci, jeune, ardente et folâtre,
Je le voyais fort bien, n'aimait point son mari.

JEP.

Il était bien aisé d'en être le chéri.

TITOU.

Oui, cela m'était clair, Jêpot, que le ménage.
Des bourgeois s'en allait comme un poulet qui nage.
Ah ! malheur que je sois si laid ! Sans quoi vraiment,
Je sais bien qui serait devenu son amant !
Pourquoi suis-je si laid?... Eh! que veux-tu que fasse
Une femme du noir museau que j'ai pour face ?
Quand même, je tentai de captiver son cœur.
Et malgré son humeur vive et son air moqueur,
Evitant à tout prix de paraître grotesque,
Je feignis un amour timide et gigantesque,
Une passion telle, ami Jep, que jamais
Mariette n'a ri de voir que je l'aimais
Pendant que mon parler, mon silence, et la flamme
De mes yeux essayaient de lui remuer l'âme,
Je l'étonnais encore et je l'émerveillais
De mes efforts puissants lorsque je travaillais.
Les uns ont la beauté, les autres ont la force.
Moi je suis un pilier, tu le sais bien, mon torse
Est ferme sur mes reins ainsi qu'un peuplier;
Mes jarrets, un cheval ne les fait pas plier ;
Aussi j'ai pu longtemps douter de ma défaite.
Quand on tuait le bœuf, la veille d'une fête,
A dessein je faisais en sorte qu'elle vît
Qui j'étais et qu'ainsi ma vigueur la ravît,
Comment je viens à bout d'un bœuf, moi seul en somme,
Quand je l'attache et quand d'un seul coup je l'assomme,
Et quand, sans que nul m'aide, ensuite le saignant,
Je le maintiens sous mon genou, vaincu, geignant,
Comment je le soulève et je le suspends au porche
Et comment je le vide en une heure et l'écorche...
J'étais d'elle admiré beaucoup et plaint un peu ;
C'est tout ce qu'en quatre ans je gagnais à ce jeu,
La laideur du visage étant la plus infâme
De toutes les hideurs de l'homme pour la femme...
Un jour, un moment vint où je m'en aperçus...
Donc Brûnis triomphait ; il avait le dessus !...
Oh ! mille dieux !

JEP.

Pourquoi désespérer, mon brave ?

TITOU.

Tu plaisantes ? pourtant l'affaire devient grave
Je continue; et qu'il ne me soit plus besoin
De faire appel à ton sérieux.

JEP.

J'en prends soin.

TITOU.

C'est alors qu'il me vint une suprême idée,
Toute ma vie en fut sur ce coup hasardée.
Je remarquai que la patronne bien souvent
Te regardait quand tu passais par là-devant,
Je surpris même un jour chez elle un tel sourire
Que j'en eus une joie impossible à décrire...
J'étais tout seul pour la besogne en ce taudis.
Le soir j'allai trouver Brûnis et je lui dis :
Le travail va trois fois comme avec votre père,
C'est trop peu d'un garçon ; il en faut une paire.
Se reposant sur moi de tout, il consentit,
C'est sur toi que j'avais jeté les yeux, petit,
Pour aider ma vengeance et servir ma colère,
Puisqu'on te trouvait beau, puisque tu devais plaire.
Voilà pourquoi, l'ami Jêpot, tu vins ici.
Tu ne m'as pas trompé dans mes espoirs... merci.

JEP.

Tu me crois son amant, j'en ferais la gageure.

TITOU.

J'en suis sûr...

JEP.

C'est absurde, ami Titou, je te jure...

TITOU.

Agneau qui veux manger le loup... Ne sais-tu pas,
Niais, que c'est moi seul qui guidais tous vos pas?
C'est moi qui, vous faisant vous rencontrer sans cesse
Ai jeté le galant aux bras de sa princesse.
En travaillant pour moi je travaillais pour vous.
J'assistais invisible à tous vos rendez-vous,
Je vous ai mille fois sauvés d'une surprise.
C'est en ami que j'ai conduit cette entreprise;
J'ai sur vous nuit et jour veillé durant six mois,
Jouissant plus encor que vous de vos émois;
J'ai compté vos baisers, vos soupirs, vos caresses,
Et tâté vos plaisirs, et sondé vos ivresses.
Quand vous vous endormiez d'un sommeil hasardeux,
J'étais là, tendrement, vous protégeant tous deux,
Si près que j'aurais pu toucher Maria nue...
Crois-tu que votre amour me soit chose connue?...

JEP, confus.

Eh bien!.. J'avoue.... Et puis, tu peux bien le savoir...
J'ai confiance en toi comme j'en dois avoir.
Je te connais ainsi qu'un parfait camarade:
Nul, que nous trois, n'aura vent de cette algarade,
N'est-il pas vrai?... Mais où donc en veux-tu venir?

TITOU.

Je n'ai plus que deux mots à dire pour finir.
Ainsi j'ai préparé sans repos et sans trêve
Le chemin pour atteindre à la longue mon rêve.
Et voici que je touche au but présentement:
Je voulais et je veux moi-même être l'amant...
Et cela, cette nuit...

JEP.

Comment donc vas-tu faire.

TITOU.

Ne t'en occupe point, l'ami, c'est mon affaire...
Elle attend, patiente et réchauffant les draps,
L'heure où, Brûnis et moi partis, tu monteras...
Eh bien, il faut que Jep avec Brûnis s'en aille...

JEP.

Comment! et toi ?...

TITOU.

Je reste...

JEP, qui a compris.

Oh non ! c'est trop canaille.

TITOU.

Et tu vas me donner la clef... du paradis
Sur l'heure !

JEP.

Non jamais,

TITOU.

Sur l'heure je te dis.
Va, tu n'as rien de mieux à faire : te soumettre.
Je commande...

JEP.

Jamais.

TITOU.

C'est moi qui suis le maître.
Tu m'entends : obéis, sinon, foi de Titou !
Aussitôt son retour, le Brûnis saura tout.

JEP.

Te croira-t-il ?

2.

TITOU, tirant une lettre.

La chose en sera bien prouvée
Par cette lettre...

JEP, reculant.

Oh !... toi !... C'est toi qui l'as trouvée...

TITOU.

Allons, vite, la clef.

JEP.

Voyons, écoute un peu :
Je voudrais, pour ma part, accéder à ton vœu ;
Mais, elle ?... elle verra...

TITOU.

Bah ! la bougie éteinte,
Mon corps aura du tien le contour et la teinte.

JEP.

Ta voix...

TITOU.

Qu'aurai-je à dire ?

JEP.

Elle comprendra bien
Au marcher...

TITOU.

Je te dis qu'elle n'en saura rien ..
La clef... de suite...

JEP.

Non, mon ami, tiens, je pleure...

TITOU.

Ah ! tu ne ris donc plus, ainsi que tout à l'heure ;
Ta raillerie enfin commence à se calmer...

JEP.

Mais je l'aime... et sais-tu ce que c'est que d'aimer ?

TITOU.

Qu'est-ce que ton amour, à côté de ma haine ?

JEP.

Oh ! Titou... dis... faut-il qu'à tes pieds je me traîne ?

TITOU.

La clef...

JEP.

Mais pourquoi donc n'est-tu pas satisfait ?
Brûnis expie ainsi que tu veux, en effet.
Il faut, je sais, que ta justice s'accomplisse ;
Mais c'est fait... et je suis ton aide et ton complice.
Quoi ! c'est moi qui te venge et tu veux me punir ?

TITOU.

Donne vite la clef, Brûnis va revenir.
Pourquoi perdre ton temps en prières frivoles ?

JEP.

Mais c'est à moi, non pas à lui, que tu la voles.
Ce que tu fais est lâche, est horrible, est hideux...
Au nom de l'amitié qui nous unit tous deux,
Que j'ai toujours servie et dont je me réclame,
Titou, mon vieux copain, ne m'arrache pas l'âme...

TITOU.

Ce que tu me dis-là, certes, est étonnant.
Mon tour est donc venu de rire maintenant.
Quoi, je t'ai tout conté... Tu sais que dans ma vie
Je n'eus qu'une pensée ardemment poursuivie,
Vieux fou que cette seule idée ensorcela :

Me venger, et que tout n'est rien près de cela...
La double fosse où croît démesurément l'herbe
Attend depuis quinze ans l'holocauste superbe...
Et tu viens après tout me parler d'amitié !
Et Brûnis vit heureux !... Va, tu me fais pitié...

JEP, éperdu.

Pour le tuer, s'il faut t'aider, je le préfère...

TITOU.

Non ; ton rôle est fini ; tu n'as plus rien à faire.
Je suffirai tout seul au châtiment ; merci ;
Donne la clef et pars avec lui... le voici...

JEP.

Jamais ! jamais...

TITOU.

Alors je vais lui laisser lire.

JEP.

Non : attends... oui... tiens...

Il va donner la clef... il s'arrête...

TITOU.

Allons !

JEP.

Ah ! je délire !
Tu me le paieras cher...

TITOU.

Obéis, après quoi,
Nous verrons...

JEP, affolé, après avoir donné la clef.

Ah ! malheur ! malheur !

TITOU.

Bon, tiens-toi coi !...

SCÈNE XIII

LES MÊMES, BRUNIS, de retour.

BRÛNIS.

Allons ! sommes-nous prêts ?... Voici l'heure, je pense

TITOU, à Brûnis.

S'il peut, ce soir, se faire un peu qu'on me dispense
De vous accompagner, maître, je n'irai point.
Je suis mal à ne pas pouvoir serrer le poing.

BRUNIS.

Bah ! qu'as-tu donc ?

TITOU.

Je ne sais... j'ai *mon* sang qui s'arrête.
En voulant ce matin, dégager la charrette
De Feych, j'ai dû suer et puis j'aurai pris froid,
Et, ce soir, je ne peux, vraiment, me tenir droit.

BRUNIS.

Ta figure en effet, me semble pâle et lasse.

TITOU.

Mais Jêpot avec vous va partir à ma place ;
Moi j'attendrai ; je vais m'asseoir comme un perclus.

BRUNIS.

C'est bon. Il ne nous faut qu'une heure tout au plus.
Reste-là pour ouvrir la porte de derrière
Aussitôt que les bœufs seront dans la carrière.
Après, tu t'en iras au lit, et puis demain
Il n'y paraîtra rien, pas plus que sur ma main.

TITOU.

J'espère qu'une nuit de repos et de somme
Me remettra sur pied d'un mal si faible en somme.

BRUNIS.

J'eusse aimé pourtant mieux me sentir avec toi...
Si l'un des bœufs se prend à regimber...

TITOU.

Pourquoi?
Jep suffit avec vous : il ne faut qu'une corde
Pour qu'un bœuf, même deux, soient à miséricorde...
D'ailleurs, Jèpot, il faut qu'il s'accoutume aussi
A manier les bœufs vivants, si jusqu'ici
Il n'a fait qu'en peser la viande aux poids de cuivre.

BRUNIS.

Oui, c'est juste...

A Jep.

Allons, Jep, c'est toi qui vas me suivre.

A Titou.

Repose-toi, mais veille, ouvre l'œil... il le faut,
Titou, sans quoi l'agent nous prendrait en défaut.

TITOU.

Ah! vous pouvez partir en paix...

Regardant dehors.

Tout va bien, certe:
Il fait noir comme un four et la rue est déserte.

BRUNIS, *à Jep.*

Allons, Jep, prends la corde et hâtons-nous...

Il sort le premier par le corridor. Jep hésite à le suivre. Il jette à Titou un dernier regard de supplication et de désespoir... Titou, sombre, lui montre le chemin. Jep sort enfin, en montrant dans un geste de menace, les deux poings à son compagnon.

TITOU, *quand Jep a disparu, lui lançant son adieu dans le corridor.*

Bonsoir!

SCÈNE XIV

TITOU, seul.

Il va s'asseoir sur un escabeau à gauche.

TITOU.

Enfin !... Après la côte, il est bon de s'asseoir,
De sentir ses poumons se dilater à l'aise
Après une montée essoufflante et mauvaise....

Il se lève, et, de la grille, il écoute et regarde dans la rue.

Laissons-les s'éloigner... un instant... un instant...
Elle attend... oh ! mon cœur va se rompre... elle attend...
J'ai vécu plus de cent mille ans dans la soirée...
Elle attend, la maîtresse ardemment désirée.
Oui, nous allons unir, dans un transport d'enfer,
Et son amour de flamme et ma haine de fer.

Une pause.

Enfin ! ô mon amour, ô ma longue espérance,
O le but de huit ans, d'efforts et de souffrance,
O mon envie, ô mon plaisir, ô mon devoir,
Vengeance ! Je vais donc te saisir et t'avoir.

Autre pause. Il reprend, l'œil égaré.

Haine, mégère à l'œil caressant, ô femelle
Qui m'abreuvas du lait âcre de ta mamelle,
Qui berças mes sommeils de rêves infinis,
Mon amie et ma sœur, je t'aime et te bénis...
Heureux qui t'a connue, heureux le cœur et l'âme
Où tu verras le flot corrosif de ta flamme,
Heureux, heureux le front qu'effleurèrent tes mains
Et les pas que ton doigt guida par les chemins
Et les yeux qui longtemps t'ont fixée, et les lèvres,
Qu'alluma ton baiser d'abominables fièvres,
O toi qui de tes bras musculeux me soutins
A travers mes douleurs et mes méchants destins,

Et qui me rends après mes deuils et mes supplices,
Encor mille fois plus de joie et de délices...

Il regarde autour de lui.

Comme tout est tranquille... Il n'est plus de danger.
Que rien en ce moment vienne me déranger.
C'est fini; j'ai la clef... là-haut ombre et silence...
Enfin !

Il hésite.

Aurais-je peur ?... Oh ! non... non... je m'élance...

Deux ou trois coups sourds résonnent au plafond : Maria s'impatiente...

Quel est ce bruit ?... C'est elle en haut qui frappe ainsi !
Elle m'appelle... O ma bonne haine, merci !...

Il s'élance dans l'escalier.
La scène reste silencieuse et déserte.

SCÈNE XV

BRUNIS, rentre affolé.

Il se précipite sur le milieu de la scène. Il sait tout.

Rien !... Rien !...Jep m'a dit vrai donc ! oh ! le traître infâme
Il voulait rester seul... Oh ! ma femme !... oh ! ma femme
Maria ! Maria ! c'est moi qui suis ici...

Il parvient à s'emparer d'un coutelas.

Ah ! bon... Le coutelas !

Il s'élance à son tour dans l'escalier.

Brigand !

A peine a-t-il disparu que Jep se hasarde avec précaution

SCÈNE XVI

JEP, s'avançant d'un pas.

J'ai réussi...
Ma crainte est dissipée et ma joie est comblée...
Le Brûnis juste à point va le saigner d'emblée

Comme un chevreau, comme un mouton, comme un goret

On entend des bruits de meubles renversés ; des cris étouffés arrivent jusqu'à la boutique.

Ils se battent là-haut... Cela chauffe, il paraît...

Les marches de l'escalier grincent sous le poids de quelqu'un qui descend précipitamment.

On descend l'escalier, on dégringole... gare !
Esquivons-nous : il faut éviter la bagarre.

Il se sauve.

Titou bondit de l'escalier au milieu de la boutique. Il est blessé : de larges tâches de sang *maculent* sa chemise sur la nuque et sous le bras. Il s'empare d'un couteau pareil à celui que Brûnis vient d'emporter. — Au moment où Brûnis entre à la poursuite de Titou, *celui-ci s'est acculé à l'angle du comptoir et du mur* de gauche, levant des deux mains son arme au-dessus de sa tête... Il attend l'ennemi.

SCÈNE XVII

TITOU, BRUNIS, le coutelas à la main.

TITOU, ricanant.

Arrive !... je l'attends joyeux et méprisant
Ton courroux, car je puis te tuer à présent...

Brûnis s'est arrêté. Il n'ose affronter l'attitude de Titou plein de défi. Il se tient à distance.

TITOU, de même.

Je suis le fils d'Annous, le frère de Cadette,
Patron ! Te souvient-il de cette vieille dette,
Ce compte de quinze ans dont j'ai dû reculer
Le paiement et qu'enfin il nous fallait régler
Si j'ai patienté sans peur que tu me quittes,
J'ai bien fait après tout puisque nous sommes quittes...
Laisse-moi dire : Jep t'a prévenu trop tard,
Patron ; tout est fini maintenant.

BRUNIS.

Ah ! bâtard
Ce n'est pas vrai !...

TITOU.

Tu viens trop tard, trop tard, te dis-je...
Elle est douce au baiser, ta femme, un vrai prodige !

BRUNIS, tressautant.

Ah ! milliards de sorts !

TITOU.

Viens vite, ou je t'atteins
Le premier... Frappe...

BRUNIS.

Ah ! fils et frère de catins
Que je t'étripe ainsi qu'une vache enragée.

Il se précipite, le couteau en avant, sur Titou qui ne cherche pas à parer le coup.

TITOU.

Viens me donner ton sang... J'en veux une gorgée...
Tiens...

Sitôt que Brûnis l'a frappé, Titou abaisse ses bras et en l'étreignant, il lui enfonce son coutelas dans le dos.

BRUNIS, d'une voix déchirante.

Aïe, aïe, aïe !

Tous deux roulent à terre.

TITOU, l'étreignant toujours, à Brûnis.

Oh ! cet embrassement
M'est encore meilleur que l'autre et plus charmant.

BRUNIS, criant.

Aïe, aïe, aïe !

TITOU.

Oh ! qu'avant de mourir je le goûte
Ton sang... ton sang, je veux le boire goutte à goutte...
Que j'étanche la soif qui longtemps m'étrangla...
Ah ! tout chaud !... Que la mort est douce avec cela !...

BRUNIS, *d'une voix de plus en plus affaiblie.*

Aïe, aïe, aïe ! Oh ! Adieu, ma femme... adieu, Marie !...
Oh ! souviens-toi toujours de Brûnis, je t'en prie...

Les deux corps, collés l'un contre l'autre, restent immobiles. De temps en temps une convulsion les secoue et un râle ronfle creux dans leur gosier... Puis rien... tout paraît fini.

SCÈNE XVIII

LES MÊMES, JEP, *reparaissant.*

JEP.

Rien ! où sont-ils ?

Il recule en les apercevant à terre.

Mamaï ! que de sang autour d'eux !
Sont-ils morts?...S'ils pouvaient être morts tous les deux

Il s'approche.

Ni cri, ni mouvement... ils sont morts... que je voie...
Bien morts...Notre bonheur! c'est Dieu qui nous l'envoie

Il se dirige vers l'escalier et appelle.

Maria !... Maria !... descends d'un pas pressé...

Il revient vers les deux corps.

Morts tous deux !... Morts tous deux !...

Maria se montre un instant après au bas de l'escalier : elle n'a qu'un manteau de nuit et une jupe blanche. Son visage est bouleversé, ses cheveux défaits... En apercevant Jep, un éclair de joie traverse ses yeux.

SCÈNE XIX

LES MÊMES, JEP, MARIA.

MARIA.

Que s'est-il donc passé ?

JEP, lui montrant les deux corps.

Regarde... morts tous deux !

MARIA, avec effroi.

Mon Dieu ! que deviendrai-je ?

JEP, allant à elle et l'entraînant vers la banque où il la fait asseoir.

Prends garde de salir ta jupe de barège.

MARIA, s'asseyant.

Vierge d'en haut !

JEP, l'embrassant et lui prenant les mains.

Enfin, nous allons être heureux !
Pour moi sera ton lit et le cercueil pour eux...
Et je serai le seul... dis, bonne Mariette.
Parle, parle... il n'est plus besoin d'être inquiète
Tu peux m'aimer en paix et j'en suis rayonnant.
Regarde : qu'avons-nous à craindre maintenant ?

Ils s'embrassent avec une étreinte passionnée. Tout à coup. un râlement se fait entendre. prolongé, sourd et profond comme un grondement. Les deux amants en deviennent muets et glacés. Alors, tandis qu'ils demeurent toujours dans cette attitude de caresse interrompue, on voit le corps de Titou se soulever péniblement.

TITOU, avec une voix cassée.

Oh !... Brûnis !... Es-tu mort ?... Il ne faut pas qu'il [meure
Sans avoir un peu vu sa femme à la même heure....

Il touche Brûnis.

Brûnis !... réveille-toi... dis, Brûnis !... Es-tu mort ?

Avec désolation.

Trop tard !... Mourrai-je avec ce suprême remord ?

Il le touche encore.

Brûnis... réveille-toi... tu meurs, vieux !... Eh ! regarde
Quels sont les désespoirs que ta femme te garde...
Vois donc avant de t'en aller chez les maudits
Réveille-toi, tonnerre !... Oh ! réveille-toi... dis !...

Il le secoue... Puis, s'apercevant que le patron a ouvert les yeux sur les deux amants, il l'abandonne et retombe....

Il a tout vu !... Je vais mourir sans amertume
Et dormir sans désir et sans regret posthume...
Adieu, patron... Je meurs ayant fait mon devoir...
O Cadette, ô mama, je m'en vais vous revoir...

Alors, le corps du mari se remue et s'agite. On dirait que le m[illegible]rant fait d'immenses efforts. En effet, il parvient à se lever lentement et à se mettre debout. Brûnis le couteau en l'air, blême par l'agonie et la fureur, plein de rage et vide de sang, formidable comme une apparition, marche vers Jep et Maria épouvantés.

MARIA, elle se serre contre son amant.

Oh ! Jépon !... sauvons-nous... fuyons... Je suis perdue...
Adieu, mon Jep !...

Jep, immobilisé par la terreur n'a pas la force de se défendre ni de défendre sa maîtresse... Encore un coup et Brûnis aussi va se venger. Un ou deux pas à peine le séparent des deux adultères... Mais alors, au moment où son couteau va les atteindre, ses forces l'abandonnent. Il chancelle, s'affaisse, et tombe à plat ventre, mort, au milieu de la boutique.... Jep et Maria reviennent de leur terreur.... Ils voient le corps de Brûnis gisant... Ils respirent... Maria, ivre de joie, presse son amant, et celui-ci, se levant d'auprès d'elle, va, en le touchant du pied, s'assurer que le mari est bien mort à présent....

JEP.

Oh! non... sa mort nous était due...

Il le tâte et le secoue.

Il est mort cette fois... bien mort... et j'en suis sûr...

MARIA, les mains sur les yeux.

Je vois rouge partout...

JEP, qui est revenu....

L'avenir est d'azur.

MARIA, non encore tout à fait calmée.

Et les gens ?...

JEP, haussant les épaules.

Nous dirons, pour qu'on ne nous impute
Rien du tout, qu'ils se sont tous deux pris de dispute...

La toile tombe.

Imprimerie de l'Ouest, A. NÉZAN, Mayenne.

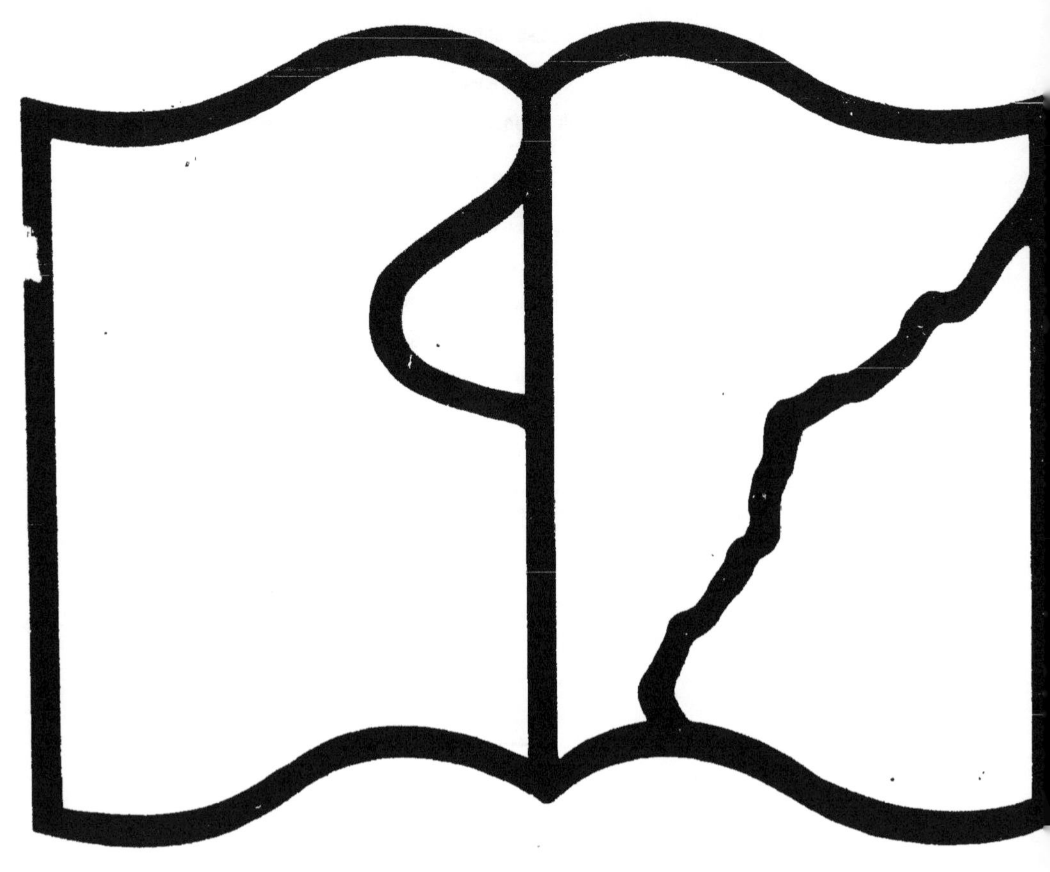

Texte détérioré — reliure défectueuse

NF Z 43-120-11

www.ingramcontent.com/pod-product-compliance
Ingram Content Group UK Ltd.
Pitfield, Milton Keynes, MK11 3LW, UK
UKHW012301240726
13966UKWH00004B/1546